www.casterman.com

ISBN 978-2-203-00453-5

ZOÉ et THÉO

au parc

Catherine Metzmeyer & Marc Vanenis

casterman

Il fait beau. Maman emmène Zoé et Théo jouer au parc. Zoé est très excitée ! Elle adore la balançoire.

— Allez, viens Théo.
— Écoute-moi d'abord Zoé, ordonne maman. Je vous attends tous les deux sur ce banc, là-bas.

Zoé court à toute vitesse :
— C'est moi la première !

Elle se balance de toutes ses forces :
— C'est moi qui monte le plus haut ! Je touche presque le ciel.

Et hop ! Zoé grimpe l'escalier du toboggan.

— Et zip, c'est moi qui glisse le plus vite.

— Viens Théo, on va faire du rodéo.
— Hé! du calme, Zoé-la-Tornade!

— Olé ! C'est moi qui vais le plus loin, fanfaronne Zoé.

Au tourniquet Zoé prend son élan...

… et tourne à toute vitesse.
— Attention, tu vas t'envoler, lui crie son frère.

Mais, en descendant, Zoé a la tête qui tourne
et les jambes tremblantes.
Elle veut voir sa maman.

Mais maman n'est plus sur le banc. Elle a disparu !
— Maman, Maman, appelle Zoé désespérée.

Aussitôt Théo accourt et rassure sa sœur :
— Hé, la plus maligne ! Tu t'es trompée de banc !
Regarde : Maman nous attend là-bas.
Ouf ! Zoé a eu tellement peur !

Zoé se sent mieux mais n'a pas faim.
— Et c'est moi le plus gourmand, dit Théo en riant !

Imprimé en Espagne.
Dépôt légal mars 2007 ; D.2007/0053/231
Déposé au ministère de la Justice, Paris
(loi n°49.956 du 16 juillet 1949 sur les publications destinées à la jeunesse).